森澄雄の百句

いのちを運ぶ

岩井英雅

ふらんす堂

目次

森　澄雄の百句

冬の日の海に没る音をきかんとす

『雪櫟』
昭和十五年

1

『雪櫟』は「『寒雷』以前　一句」と前書きされた、この句から始まる。長崎高商（現、長崎大学）の卒業を控えた二月の学友会雑誌に杜純夫の名で掲載した句。

　精神の彷徨を重ねていた澄雄が、海を赤々と染めながら日が沈む眼前の風景に見入っていると、厳しい冬の海に没していく日輪の音が聞こえそうだというのである。下五の表現が「ききゐたり」ではなく「きかんとす」であることに目を向けたい。聞き入ろうとしている青年の意志の姿勢が切なく、切ないがゆえに、一句の印象はこの上もなく清冽である。

黒松の一幹迫る寒灯下

『雪櫟』
昭和十六年

2

九州帝国大学に入学した年の十月に加藤楸邨の「寒雷」が創刊されると、澄雄は直ちに入会し、投句三回目の昭和十六年二月号で、この句を含む四句で早くも巻頭を得た。楸邨は「寒雷反芻」で「この句の把握の仕方の直線的な勁さに注目したい」と評した。

松林に囲まれている下宿の寒夜の明かりの下で、物思いにふけっているのだろう。澄雄の心情が直接には述べられていないが、「一幹迫る」という表現から、迫りくる戦争の足音が聞こえる中、自己の行く末に思いをこらしている、重苦しい緊迫した思念が伝わってくる。

白地きて夕ぐれの香の来てをりぬ

『雪櫟』
昭和十七年

3

昭和十七年九月下旬、澄雄に召集令状がきた。出征まで僅か一週間。澄雄は直ちに上京して楸邨を訪ねる。『雪櫟』では、その時の六句と出征前夜に詠まれた句の間に、季節的にはそぐわない夏季のこの句が配されている。

かなり切羽詰まった状況のはずだが、句にはくつろいだ感が漂うのは、東京から夜行で長崎の実家に帰り、数日を両親や兄弟と過ごして、束の間の安らぎを得たからである。白絣に袖を通した時、『颱風眼』にある楸邨の〈白地着てこの郷愁の何処よりぞ〉という句が想起され、郷愁と安らぎが澄雄の胸中を占めたに違いない。

枯るる貧しさ厠に妻の尿きこゆ

『雪櫟』
昭和二十五年

4

『雪櫟』は前半の章が「松」、後半の章が「櫟」と二章立てになっている。「櫟」は結婚した昭和二十三年三月から始まり、新婚生活と、やがて移り住んだ武蔵野の一隅、北大泉の狭い家で営まれる、三人の子ども達とのつつましい生活の中から詠まれた句が並んでいる。

六畳一間の板の間に薄縁《うすべり》を敷いた小さな家だったから、家の中の音は何もかも聞こえたという。戦後の窮乏生活そのものであるが、貧しさや困窮を嘆いているのではなく、家族に対する限りない慈しみの情がこもっている。『雪櫟』が「妻子吻合《ふんごう》の書」といわれる所以である。

白桃や満月はやや曇りをり

『雪櫟』
昭和二十六年

5

『雪櫟』には、この句と同じように白桃と満月を詠んだ〈満月や白桃の辺はみづみづし〉という句もあるが、「みづみづし」とやや叙情に流れた表現よりも、「曇りをり」と描写して、秋の初め頃の季節感を的確に把握している点で、この句の方が上質。

かすかに赤みを帯び、産毛が光るような肌を持つ白桃の瑞々しさと、ふっくらとした満月との照応がいい。白桃の肌の繊細な輝きと、薄い和紙で包まれたように少し曇った満月の光に澄雄の憂愁を重ねてもいいだろう。白桃は澄雄の好物。この句も好きな作品の一つだという。

家に時計なければ雪はとめどなし

『雪櫟』

昭和二十六年

6

今の時代では家に時計のない生活は考えられない。戦後すぐの時代でもそうだったかもしれない。その意味で、家に時計がないというのは貧窮の極みだろう。しかし、現実の生活をどこか突き抜けた、メルヘンのような安らぎが句には漂っている。時計がないから、時間は音もなく無限に伸びていく。

　この句には波郷の『惜命』にある、同じく雪を詠んだ〈雪はしづかにゆたかにはやし屍室〉〈力なく降る雪なればなぐさまず〉という句の影響があるかもしれない。澄雄は楸邨に師事したが、波郷の句にも深く学んだ。

除夜の妻白鳥のごと湯浴みをり

『雪櫟』
昭和二十八年

7

『雪櫟』を代表するというよりも、澄雄の代表句といっていい句である。過ぎゆく一年と新しく迎える年を思う除夜に、妻への満腔の感謝の思いを寄せた、清潔な色気がいい。澄雄はまだ三十四歳という若さだった。

澄雄が通っていた埼玉大学での二十名ほどの句会があった。楸邨も出席した昭和二十八年十二月二十六日の忘年句会後の小宴での寄せ書きに、「少し色気のある奴を書こうかな」と、冗談をいいながら、即興で書きつけられた句である。この句から、アキ子夫人は白鳥夫人と呼ばれるようになる。

磧にて白桃むけば水過ぎゆく

『花眼』
昭和三十年

8

澄雄は夏休みに糸魚川《いといがわ》から信濃大町へ抜けるために姫川沿いに一人歩いた。姫川は流域に翡翠を産出する清流。磧で白桃の柔らかい薄皮を剝いていると、「何か涼しい光の矢といったものが僕の胸を通り過ぎた」という。流れゆくものの中に身を浸して、その流れに包まれている、澄雄のやや放心したような気配を感じ取りたい。川の流れなのか、時の流れなのか、流れゆき、流れ去るものが確かに澄雄の胸中を貫いたのだ。そのことが澄雄を放心させるのだろう。

この句が「時間」の意識の始まり、と澄雄はいう。

明るくてまだ冷たくて流し雛

『花眼』
昭和三十六年

9

流し雛が明るいのでも冷たいのでもない。「まだ冷たくて」の後に軽い切れがあるから、視界の先の明るい光と雛を流している水の冷たさである。

実際に流し雛を見て詠んだのではなく（実は一度も見たことがなかったらしい）、木下恵介の同じ題のテレビ映画からの発想。写生派でない澄雄は時々、そんな発想で句を詠む。後に詠まれる『鯉素』にある昭和五十年作の〈一撞一礼飛雪に年を畏みぬ〉も、ＮＨＫの「ゆく年くる年」で、若い僧が除夜の鐘を撞く雪の永平寺の映像を見ての句。澄雄は木曾の灰沢の宿でテレビを見ていた。

花杏旅の時間は先へひらけ

『花眼』
昭和三十六年

10

杏の花盛りは人を夢見心地に誘う。まして、多忙な日常から解放された旅の最中で見る杏の花の色は格別のもの。旅の時間、旅の心は先へ先へと開けるのだろう。「心」ではなく「時間」という生な言葉が用いられているが、一句の印象は決して生硬ではない。

『花眼』には〈苺紅しめとりて時過ぎいまも過ぐ〉〈綿雪やしづかに時間舞ひはじむ〉〈芒の穂光陰として時間をり〉〈花李昨日が見えて明日が見ゆ〉など、「時」を示す言葉を用いた表現がしばしば出てくる。そこから、『花眼』は「時間の書」であるといわれる。

紅梅をはなれてこころもうはるか

『花眼』
昭和三十八年

11

一読、広やかな世界に深々と包まれるような安らぎが感じられる。紅梅に接した時の心の弾みと、紅梅を離れてからの軽やかな心の動きを、下五の巧みな表現が引き出し、一句のゆったりとした時間の流れが、この句を読む者を包むからであろう。紅梅の残像を心に抱きながら、澄雄の思いははるか彼方の時空へ注がれている。

静かな時の経過が伝わり、なんとも人懐かしい気配の漂う句である。こうした気配は紅梅の姿そのものを描写することでは得られない。飯田龍太は『俳句の魅力』で「身がまえを消して自在を得た佳品」と評した。

雪嶺のひとたび暮れて顕はるる

『花眼』
昭和四十一年

昼間に見た雪嶺が、短い冬の日が暮れるにつれて、徐々に姿を消し始め、とっぷりと暮れた夕闇の中に一旦消えた後、星をちりばめた夜空に再び荘厳な輝きを見せて鮮やかに立ち現れた、というのだろう。

印象派の画家モネは、太陽の傾きによって次第に変化する睡蓮の池の絵を何枚も描いたが、澄雄は、時間の推移に伴って刻々と変化していく自然の相を、連作という形ではなく一句の中でとらえようとした。「肩の力を抜いて、自然の移りに従うこの句形になるまで約一年を要した」と澄雄は自解する。

満ちめしひたり白桃をひとつ食ひ

『花眼』
昭和四十二年

昭和三十八年の父の死を契機に、澄雄は人間の死につながる生の時間を意識するとともに、エロスの気配の漂うこの句のような、性をモチーフにした句を詠むようになる。性は生きることのよろしさ、哀しさの根源ではないか、という意識が明確になってきたからである。生は性に由来する。そして生があるから死がある。つまり性は生死の根源。次は「山中独語」という評論の一節。

《僕には人間の歴史の生死を貫く性のほのあたたかい真暗な空洞のようなものが見える。そしてこの空洞こそ俺の文学の故郷ではないかという思いがある。》

年過ぎてしばらく水尾のごときもの

『花眼』
昭和四十二年

『花眼』掉尾の句。『花眼』の後半あたりから、〈年逝くや硯洗ひしあとの刻〉〈水仙に年ゆきてまだ何も来ず〉など、去りゆく年へ深く心を託した句が多くなるが、その中で最も清澄な気韻を宿す句である。

年が改まった深夜、過ぎ去った年への深い感慨がなお胸中に漂っているのだろう。そうした不可視の世界を、可視の光景に換えようとする詩的純化の思いや工夫は、澄雄俳句の随所に見られるが、この句では、たゆたう時間を「水尾のごとき」と比喩を用いて、目に見えるように表現したところが卓抜だ。

鶏頭をたえずひかりの通り過ぐ

『浮鷗』
昭和四十三年

15

「鶏頭」と「ひかり」という視覚でとらえられるものが提示されているが、一句から感じられるものは、澄雄を包む澄み切った爽やかな秋の大気の動きである。句の中では具体的に何の光だともいっていない。ただ「ひかり」とだけ提示されている。その意味で、やや抽象化された表現になっているが、それだけにかえって、一句の透明感が読者の心にすっと流れ込んでくる。

『花眼』時代の澄雄は、磧で白桃を剝きながら過ぎゆく水に時の流れを感じたが、ここでは鶏頭を見つめて、たえず通り過ぎていく光の流れと時間を感じている。

越後より信濃に来つる法師蟬

『浮鷗』
昭和四十三年

16

澄雄は『浮鷗』への思いをこう述懐している。
《『花眼』をぼくの時間の書といってよければ、次の『浮鷗』は空間の書といってよかろうか。（中略）人間の生きる空間、その実の空間からさらに人間の浮かぶ虚の空間というべきものを、それを一句の空間として大きくとり込んでみたかった。》
この句からは、法師蟬が光の尾を引きながら飛ぶ、越後と信濃の両国の広やかな空間が目に浮かび、さらには「法師」という言葉から、時空を超えた「虚の空間」としての、いにしえの旅の僧の姿も想起される。

きのふ見し雪嶺を年移りたる

『浮鷗』
昭和四十七年

17

『浮鷗』の最終章の歳旦吟である。澄雄の句集を読んで気づくことの一つは、澄雄が歳旦吟と歳晩吟に心を注いでいることである。この傾向は『花眼』の終わり頃から見られるが、明確に編年体で構成されるようになった『浮鷗』からが顕著になる。それは各章を歳旦吟で始め、歳晩吟で締め括ることによって、一集の中にも一年ごとの時間的推移を取り込もうとする自覚的な志向だった。

この句は歳旦吟だが、迎春の思いよりも、過ぎ去ろうとする年に深く心を寄せている。ここにも、過ぎ去り、流れ去るものへの格別の思いが見て取れる。

田を植ゑて空も近江の水ぐもり

『浮鷗』
昭和四十七年

澄雄の眼差しは、近江平野とその上に広がる曇り空に注がれている。水気をたっぷりと含んで、潤んだように曇っている田植えどきの空。それは誰もが一度は見ていながら、あるいは何度も見ていながら、実は誰もが本当には見なかった風景なのだ。この句に出会って、我々は「近江の水ぐもりの空」という存在を知る。ちょうど、ターナーが画布に描いた霧のロンドンを見て、人々が霧のロンドンの風景の美しさに初めて気づくように。

この句は新幹線の車窓からの嘱目吟で、その頃、澄雄はまだ一度も近江を巡ったことがなかった。

雁の数渡りて空に水尾もなし

『浮鷗』
昭和四十七年

19

澄雄の句風に大きな転機をもたらしたのは、昭和四十七年七月末から二週間、楸邨夫妻らと行を共にしたシルクロードの旅であった。旅のある一夜、芭蕉の〈行春を近江の人とおしみける〉の句が心に浮かび、深々とした思いに誘われた。この句に深い啓示を受けた澄雄は、帰国後すぐに一人で近江に行き、十月にも「杉」同人の岡井省二《しょうじ》と堅田に宿った。湖畔に突き出たベランダから雁を見たのは翌朝。芭蕉ゆかりの地である堅田で雁の渡りを見たことが、澄雄の心を強く揺さぶり、空に引くはずもない水尾が幻のように胸に去来したのだろう。

夜寒かな堅田の小海老桶にみて

『浮鷗』
昭和四十七年

発表当時から世評の高かった句である。それは芭蕉の〈病雁の夜さむに落て旅ね哉〉〈海士の屋は小海老にまじるいとゞ哉〉という芭蕉の二句の世界が巧みに組み込まれている、という印象を読者に与えるからだろう。

世評の高かったもう一つの理由は、「夜寒かな」と上五で切れている珍しい句の形が目を引いたからだろう。しかし、澄雄は新奇な形を自慢げに示したのではなく、上五で一旦切れているようでいながら、「堅田の小海老桶にみて」が、まるで円のように回帰して「夜寒かな」に掛かっていく、その呼吸を楽しんだに違いない。

白をもて一つ年とる浮鷗

『浮鷗』
昭和四十七年

『浮鷗』の掉尾を飾る句である。澄雄は雪の湖北から急に思い立って、敦賀の種《いろ》の浜で泊まって年を送った。種の浜は芭蕉が『おくのほそ道』の旅で、ますほの小貝を拾おうと舟を走らせた所である。

大年の夕暮れの波間に漂う鷗の白さに、時も流れ身も流れるような、ひとしお深い漂泊の思いを託しながら、鷗もそして我が身もまた一つ歳を重ねるのだ、との感慨を抱いているのである。澄雄は家庭を持ち、高校で教鞭をとる社会人だから、決して漂泊の人ではないが、この句に限らず澄雄の句には漂泊感が漂っている。

ぼうたんの百のゆるるは湯のやうに

『鯉素』
昭和四十八年

辺り一面の牡丹が風に揺らいでいる情景である。視覚的な鮮やかさだけでなく、牡丹の甘い香りとそのほのかな温みまでもが感じられるのは、ひとえに「湯のやうに」という卓抜な比喩のゆえである。さらに感心するのは、「百」という言葉の的確な選択である。たとえば「あまた」という表現と比べてみれば、その把握の妙が明らかになるだろう。「あまた」は概念に過ぎなく、視覚的な点で弱さがある。

澄雄が牡丹を見に行った時、花は終わっていたらしい。百の牡丹は幻想の中で湯のように揺れているのだ。

西国の畦曼珠沙華曼珠沙華

『鯉素』
昭和四十九年

昭和四十九年九月の「杉」のつどいは、姫路市郊外の塩田温泉と書写山で行われた。折から見事な秋晴れ。どの畦も燃えるような曼珠沙華を綴っていた。この句はその時に詠まれたのではなく、帰京後に送った礼状の中に記され、その時、上五は「西国の旅」だった。それなら甘い叙情の句になる、と「旅」を「畦」に変え、具象性を持たせたことで、一句の骨格がしっかりした。

西国の寺から寺へと畦を縫うようにして巡る、遍路の心が一句には漂い、「曼珠沙華曼珠沙華」と畳みかけた口調には、遍路が呟く御詠歌のような響きがこもる。

春の野を持《も》上《た》げて伯耆大山を

『鯉素』
昭和五十年

24

なんとも不思議な視点を持った句である。座卓の上に広げた風呂敷を指でつまむように、春の野をすっと持ち上げたら山が生まれた、それが伯耆大山《ほうきだいせん》なのだよ……と。澄雄はまるで造物主のように、天上に浮遊して、そこから春の野を見下ろし、にゅっと腕を突き出している。春の米子《よなご》平野に裾を引いて優美に立つ伯耆大山を見て、壮大でおおらかな空想を楽しんだのである。この想像には、麗らかな春の野がふさわしい。

『浮鷗』までには見られなかった、このような遊び心のある句が、『鯉素』に現れることが興味深い。

若狭には仏多くて蒸鰈

『鯉素』
昭和五十年

25

　若狭は古代から朝鮮半島の文化が渡来して、仏教文化の花が咲いた地。古寺、古仏が数多く残されている。澄雄は春景色に包まれながら、古寺を巡り、多くの仏を拝んで宿に着き、夕膳に出た蒸鰈の潤んだような白い身の色に、若狭の仏像の穏やかな面影を重ねたのだろう。

　この句は取り合わせの句であるから、中七までの内容と「蒸鰈」との関係性をどう受け止めるかが、読解のポイントになる。それは連句でいう「匂付《においづけ》」のような据えられ方なのだろう。前句の余情、風韻にふさわしい付句をすることが「匂付」である。

炎天より僧ひとり乗り岐阜羽島

『鯉素』
昭和五十年

炎暑の中、新幹線のこだまが停車する岐阜羽島のプラットホームから僧が乗車した情景だ、と写実派はそう解釈するだろう。しかし、澄雄の視野からは、新幹線もプラットホームも消えてしまっている。なぜなら、一句の表現が、「炎天や」ではなく「炎天より」だから。「炎天や」なら、単なるスケッチ風の写実句に過ぎない。

やや大げさにいえば、墨染めの僧は時空の遥か彼方から「ギフハシマ」という不思議な語感を持つ抜け穴を通って、しんと静まったこの炎暑の現世に出現したのである。ちょうど能楽の諸国一見の僧のように。

みづうみに鰲《がう》を釣るゆめ秋昼寝

『鯉素』
昭和五十年

27

盆休みの八月、澄雄は四泊五日の旅をし、伊吹山に登った翌日に琵琶湖に浮かぶ多景島《たけしま》に渡った。生駒《いこま》山地の南部にある信貴山《しぎさん》へ登ったのは五日目。おみくじを引くのが好きな澄雄が朝護孫子寺《ちょうごそんしじ》で引くと、五言絶句が記されていて、結句の「重ネテ鰲《がう》ヲ釣ル釣《つりばり》ヲ整フ」が豪気で大変気に入ったという。鰲は想像上の大海亀。

帰京後、昼のうたた寝に、詩句を諳んじながら目をつむると、多景島から見渡した初秋の湖の水面が広がり、この句がふうっと浮かんだらしい。夢の中で湖に釣り糸を垂れて大海亀を釣る、という壮大な遊び心である。

鰣《はす》釣の鱠上げたるときに会ふ

『鯉素』
昭和五十一年

湖北の尾上《おのえ》浜の突堤で鮒釣りの一人が鯰を釣り上げた。その光景を見た澄雄は、初め〈鮒釣の上げて驚く鯰かな〉と詠んだが、驚きを消し「会ふ」とありのままの句にした。その工夫について、講話でこういう。

《偶々が僕には非常におもしろい。（中略）人間的な分別だとか、人間の考える時間、空間を超えれば、なんでもかんでもおもしろいんじゃないかと、つまり虚空燦燦じゃないかと、そういう気がして仕方がない。》

「虚空燦燦」はこの時期の澄雄の志向を理解するための大事なキーワードだ。

大年の法然院に笹子ゐる

『鯉素』
昭和五十一年

29

　歳晩、澄雄は「寒雷」以来の古い友人の田平竜胆子《たびらりんどうし》と洛東の哲学の道を歩き、法然院に詣でた。寒気の厳しい法然院は、笹鳴が木立の中から聞こえてくるほどの静けさに包まれていた。

　句はいたって簡素な仕立てである。〈大年の法然院の笹子かな〉などと、形を整えて詠んでしまいそうだが、それでは、動きや心の弾みが感じられない、平板な句になってしまう。下五の「笹子ゐる」は、その時、その場の感興そのままを、さっと掬い上げたような感がある。だから、生き生き感が生まれるのだ。

昼酒もこの世のならひ初諸子

『游方』
昭和五十二年

澄雄は僧の中では法然が最も好きだという。「この世のならひ」は、その法然の言葉である。「一百四十五箇条問答」の中に、こんな問答がある。「酒飲むは罪にて候か」という問いに対する法然の答えが、「まことは飲むべくもなけれどもこの世のならひ」だった。

多忙な日々の生活から解放された心弾む近江の旅のひとときに。澄雄は香ばしく焼かれた初諸子を前にして、昼間から少し酒を飲んでもいいじゃないか、それも法然のいう「この世のならひ」だよ、と微笑む。しかし、澄雄は酒好きではなく、実は甘党。

さるすべり美しかりし与謝郡

『游方』

昭和五十二年

この句の実体は摑みにくい。それは「美しかりし」という過去を表す「し」の一字のせいだろう。与謝郡の百日紅は眼前の風景ではなく、遠く過ぎ去ったものとして描かれている。時の彼方にある百日紅なのだ。澄雄の心の中に流れ去った時間の透明感を静かに味わいたい。

もし上五が「さるすべりの」と「の」があれば美しかったのは百日紅ということになる。「の」が省かれると、「美しかりし」は「さるすべり」を受けるとともに、下の「与謝郡」にもかかる、という曖昧さを生むが、逆にその方が一句の透明感と奥行きが増すようだ。

無事は是貴人といへり蕪蒸

『游方』昭和五十二年

大阪府北部にある箕面《みのお》公園は滝と紅葉の名所。十一月のある土曜日、滝茶屋で句を案じ終えた私が帰途につこうと滝道を下っていると、澄雄、田平竜胆子、岡井省二の姿が前方に見えた。まさに奇遇。道沿いの料亭での夕食後、雅帖を回して句を墨書し合った。その時に澄雄が詠んだのがこの句。「無事是貴人」は『臨済録』にあり、「無念無想の境に入った人こそ貴ぶべき人である」という意味。この俳席はいかにも「無事是貴人」の趣があり、澄雄は「蒸蕪」という季語を配したが、『游方』では料理名として正しい「蕪蒸」に改められた。

あけぼのや湖の微をとる氷魚網

『游方』
昭和五十三年

冬の琵琶湖では古くから氷魚漁が行われてきた。「ひうお」とも「ひお」とも呼ばれる氷魚は鮎の稚魚。体が氷のように透き通っていることから、この名がついた。

早朝の氷魚漁の情景を詠んだこの句からは、美的な印象が感じられる。それは「あけぼの」の視覚的な鮮やかさのせいでもあるし、「湖の微」という把握の見事さのゆえでもある。さらには、氷魚と白魚の違いはあるが、芭蕉の〈明ぼのやしら魚しろきこと一寸〉という、感覚の冴えた句を思い起こすからでもあろう。年末年始の関西への旅の後、帰京してから澄雄はこの句を詠んだ。

紅梅やこゝろにいろきしかいつむり

『游方』
昭和五十三年

〈鳰の海紅梅の咲く渚より〉と昭和四十八年に近江八幡で詠まれた句が『鯉素』にあるが、この句は堅田での作。紅梅の咲く渚に出て、かいつむりに目をやり、その声を聞いた時の感じが「いろきし」なのだ。紅梅の色に通う色艶の「いろ」でもあるし、春は鳥たちの恋の季節だから色恋の「いろ」でもあるだろう。

鳥の声に色を感じたといえば、『涼夜』にある龍太の〈にはとりの黄のこゑたまる神無月〉という句を思い起こすが、鶏の声にはっきりと色彩を与えている龍太に対して、澄雄は描線をぼかしている。

煦々として鷹とて鳩となりにけり

『游方』
昭和五十三年

「晦々《くく》」とは穏やかに暖かいさまだが、鳩の鳴き声のような響きがある。「鷹化して鳩と為る」は七十二候の一つで春の季語である。澄雄は「さくらを待つ」という随想で、この古めかしい季語について、「虚空を心にいれた闊大《かつだい》な諧謔」で面白い、という。

この時期、澄雄は空想的な虚構の世界に悠々と心を遊ばせる俳境を手に入れたようで、この句の一ケ月ほど前に、「魚氷《ひ》に上る」という「虚空のひろがり」を覚える季語を〈魚は氷に上りて白き鷗どり〉と、秋には「雀蛤となる」を〈蛤や少し雀のこゑを出す〉と詠んでいる。

亀鳴くといへるこころをのぞきゐる

『游方』
昭和五十四年

亀は鳴かないが、鎌倉時代後期の『夫木《ふぼく》和歌集』にある藤原為家の〈川越のをちの田中の夕闇に何ぞときけば亀の鳴くなり〉を典拠とするのが「亀鳴く」という季語。俳人にとって親しいこの季語を、近現代の俳人は、〈亀鳴くや皆愚なる村のもの　高浜虚子〉〈裏がへる亀思ふべし鳴けるなり　石川桂郎〉などと詠んできた。

「亀鳴くといへるこころ」とは、この季語の本意・本情のことと受け取っていいだろう。それを「思ひをり」という漠然とした把握ではなく、「のぞきゐる」と表現したところにリアル感がある。

旅寝して息つめてをり去年今年

『空艪』
昭和五十五年

年が過ぎ去り、新しく年が改まるひとときは、心がしんと静まり、眠りにつこうとしても、深い感慨に包まれ、眠りが容易にやってこない。まして、歳晩の旅寝は漂泊の思いがひとしお深まるに違いない。そんな流れゆく時の中に身を委ねている切ない感慨が、「息つめてをり」という身体表現によって、うまくいい止められている。

〈たびねして我句をしれや秋の風〉という芭蕉の句に澄雄が唱和しようとしたのかどうか、それはよく分からないが、芭蕉の句を心の奥底で意識しているような気配が感じられる。

恋歌留多蘆のかりねも由良の門《と》も

『空艪』
昭和五十五年

『百人一首』には恋の歌が多い。澄雄は歌留多に興じながら、恋を詠んだ歌に心を寄せている。〈難波江の蘆のかりねのひとよゆゑみをつくしてや恋ひわたるべきかな〉。〈由良の門を渡る舟人かぢを絶えゆくへも知らぬ恋の道かな〉。ともに澄雄の心を揺さぶる、たゆたうような漂泊の思いもある。

この句は、いってみれば、本歌取りの俳句版である。ただ、その遊び心の中にも、しっかりと「蘆のかりね」「由良の門」と、実在の風景が目に見えるように工夫されていることに注目しよう。

山吹の黄《く》金《がね》とみどり空海忌

『空艪』
昭和五十五年

空海とはなんとも壮大な広がりを持った名前だ。山吹の花の黄金色も枝と葉の緑色も、空海その人のきらびやかさにふさわしく、「空海忌」と据えられたことによって感じられるのは、鮮やかな色彩の山吹を空と海の輝きが照らし出しているさま。

季語としての忌日は、その人物の人となりや思想、生み出された作品世界にまで連想が広がる、という性質を持つ。『空櫓』にも〈葛水や何の弱りの業平忌〉〈雲母《きら》引きの歌のうすれや夕霧忌〉など、澄雄に忌日の句が多いのは、句に広がりと奥行きを与えたいからに違いない。

氷魚汁春遠からず近からじ

『空艪』
昭和五十六年

氷魚汁を啜りながら、春の訪れを前にした湖面の広がりと近江の空に目をやっているのだろう。

「冬来たりなば春遠からじ」という慣用的ないい方があり、それを下敷きにして、一句は詩的な感触を言語化することに成功している。「春遠からず」……春はもうすぐそこの時季。では、春はすぐそこにやってきているのか。いや、肌を刺す寒気や湖と空の寒々とした光を見ると、「近からじ」……まだまだ遠いような気がする。そんな晩冬の微妙な季節感を、否定表現を重ねることで実にうまくいい当てた句になっている。

川もまた田植濁りや養父《やぶ》郡

『空艪』
昭和五十七年

田植えの進む田から流れ出た水で川も濁っている、という情景だが、「養父」即ち親を養うために人々が田植えにいそしんでいる、というような慎ましい優しさも感じられ、地名の「養父郡」が効果的に働いている。

澄雄には忌日の句が多いと前にいったが、地名を入れた句も澄雄はしばしば詠む。『空艪』にも〈丹波より京に入るなり藤袴〉〈紀の国に闇大きかり鉦叩〉〈ねばりよきとろろを伊賀に初月夜〉など、十数句ある。地名には「歴史や文化、風土といった一切が音の中に含まれている」とは講話での澄雄の言である。

病床にわれもさながら逆髪忌

『空艪』
昭和五十七年

42

逆髪《さかがみ》は謡曲「蟬丸」に登場する狂女で、実在の人物としては蟬丸の姉。生まれつき髪が逆立って異形《いぎょう》だった。澄雄が脳梗塞で倒れたのは、昭和五十七年九月、六十三歳の時。身動きもままならず、髪の毛が乱れたまま病床に横たわる姿は、謡曲「蟬丸」の逆髪そのものではないか、と澄雄は詠む。季語として据えられた「逆髪忌」は陰暦九月二十四日だから、深まりゆく秋の気配が句には漂うが、「さながら逆髪」と切れずに続いているようでもある。最晩年の句の鑑賞で触れる独自の季語の用い方が、すでに芽生え始めている。

おのが息おのれに聞え冬山椒

『空牖』
昭和五十七年

十一月に仮退院した後の自宅での療養中の姿として読み取るべきだろう。しんと静まった病床に聞こえるのは、自分の呼吸だけ。呼吸の音が聞こえることによって、いっそう静寂が深まるのである。

そこまでは分かるが、下五に据えられた季語の「冬山椒」の働きを言葉で説明するのは難しい。澄雄の目に宿った、冬も青々としている冬山椒（山椒とは種類が違う）の木の姿に寂寥感を象徴させている、と静かに味わえばいいのだろうが、取り合わせの呼吸を明解に言語化するのは難しく、鑑賞し評をする時にいつも悩む。

身動きも夢見ごころや寒の鯉

『四遠』
昭和五十八年

脳梗塞で倒れてからまだ半年も経過していない頃の句であることを前提にして読むなら、「夢見ごころ」は、寒鯉ではなく、日常の挙措に不自由を感じている澄雄の「身動き」だ、と読むのが自然であろう。まるで水中で身動きをしているような浮遊感の中にいるのだろう。むろん、夢見ごころの身動きをしている寒鯉そのものを詠んだ句としての読みも可能である。夢見ごころの身動きをしているのは寒鯉であるとともに、それを見ている、あるいは心の中で思っている澄雄自身でもある、と重層的に読んでみれば、一句の奥行きはさらに深まる。

しづけさのおのれに咽び秋曇

『四遠』
昭和五十八年

45

「咽《むせ》ぶ」の意味は「呼吸がつまりそうになる・むせる」または「激しく泣く」。さて、そのどちらがいいか。一句の表現が「しづけさに咽び」ではなく「しづけさのおのれに咽び」だから、「泣く」というような、甘い感傷に浸る安手の歌謡曲調よりも、即物的な「むせる」の意味に取るのがいい。そして、むせる対象が食べ物や香り、煙などではなく、静けさの中にいる「おのれ」だという、やや奇妙にも思える詩的断定によって、秋曇りの天地の中にたった一人でいるような寂寥感が伝わり、一人沈思する姿が鮮明に感じられる句になった。

秋山と一つ寝息に睡りたる

『四遠』
昭和五十九年

湯治のために泊まった山中の旅館だろうか。あるいは、かつて旅をした地を思い出しているのかもしれないが、いずれにしても、辺りは夜が更け、山々も静かに秋の夜気に包まれて寝息を立てる頃。その山懐に抱かれて静かに眠りにつく、満ち足りた思いである。

龍太の『山の影』に〈月夜茸山の寝息の思はるる〉という句がある。龍太の句は、上五に「月夜茸」という季語を据えて「山の寝息」と巧みに擬人化して詠み、幻想的な風景に仕上げている。それに対して、肩の力を抜いて詠んでいるところに澄雄の工夫が感じられる。

億年のなかの今生実南天

『四遠』
昭和六十年

澄雄は「いのちの今に永遠をとらえるのが俳句だ」ということをしばしば語った。その言葉どおりこの句は永遠をとらえている、と評するのは早計だろう。永遠の相はかすかな日常の風景の中にひっそりと宿っているかもしれず、「億年のなかの今生」という表現は、やや大仰であるからだ。とはいえ、この深遠な述懐は魅力的だ。「億年」とは、宇宙が誕生して以来の気の遠くなるような悠久の歳月。その今の一点に生きる実感が、宇宙空間に浮かび炎を上げて燃えている天体のような感じがする、眼前の赤い実南天に凝縮されている。

朧にて寝ることさへやなつかしき

『四遠』
昭和六十年

脳梗塞で倒れてから、澄雄はこれまでのように気軽に旅をすることがかなわなくなった。日常の生活から離れた旅先の近江などの風土に包まれることによる、心弾む思いで詠まれる句は、『四遠』では影をひそめる。その代わり、澄雄は新たな俳境を得たようだ。それは、自らを包む気配を感じて、自身のありようを詠むこと。

朧はすべてのものをやさしく、懐かしく包む。寝ることさえも懐かしいとは、なんと安らかな心の動きであることか。澄雄は講話で、こういう句は誰も詠んでいないけれど、誰もが味わっている気分ではないか、と語る。

はるかまで旅してゐたり昼寝覚

『四遠』
昭和六十年

49

昼寝の夢の中で旅をしたのは、かつて足繁く通った近江だろうか、あるいは漢詩の世界で親しんだ中国の黄河や長江の辺りだろうか。いや、それなら「はるか」な旅ではなく、ただ単に「遠く」まで行ったに過ぎない。ここは遥かな時空間の彼方まで魂が浮遊していった、と受け止めなければならない。そんな遥かなところへ旅をした夢の後の、やや放心した思いと深々とした余韻の中に、澄雄はしばし身と心を委ねている。

体は不自由になっても、想念の世界では自由に、そして軽やかに飛翔できるのだ。

年ゆくと水飲んで水しみとほり

『四遠』
昭和六十年

この句と同じように水を飲む〈水のんで湖国の寒さひろがりぬ〉という、旅の途次での車窓からの想像句が『浮鷗』にある。脳梗塞で倒れてからは、〈旅に出ねばそれもあこがれ雲の峯〉と『四遠』で詠むように自由に旅に出られなくなったが、〈朧にて〉の句で触れたように、澄雄は新たな俳境を探った。「自分の姿さえ詠えば俳句になるという方法を、病気してから考えた」と述懐する。

近江の風土の広がりが感じられる『浮鷗』の句に対して、年の終わりに水を飲むという、ごく普通のしぐさが詠まれているだけなのに、この句の呼吸は深い。

白魚汁朧のゆゑにこころ足り

『所生』
昭和六十一年

一句の中に「白魚」と「朧」という二つの春の季語が用いられていて、通常は避けるべきとされる季重なりになっているが、澄雄は意に介していない。白魚汁を啜って、その日は朧夜だったから白魚汁の味わいも深まり、心が満ち足りた、という句意である。表現に全く苦渋の跡もない句だから、読者もこの季重なりは邪魔には感じず、むしろ、味覚・触覚・視覚ともども春の季節感に溢れている、一句の柔らかな情感に無理なく包まれる。

「白魚」と「朧」は、家居安養の日々を過ごしていたこの頃からよく詠まれるようになる。

われ亡くて山べのさくら咲きにけり

『所生』
昭和六十一年

「われ亡くても」という表現なら、自分が死んでも、この桜は春が来ればまた花をつけるのだ、という分かりやすい感慨になる。しかし、「われ亡くて」と詠み出しているから、句の中ではもう澄雄は亡くなっていて、魂だけの存在になっている。澄雄にまず見えているのは眼前の桜。その桜に重なって次にありありと見えるのは、あの世に咲く桜ではなく、自分が死んだ後のこの現世に咲く桜。その桜を見ているのは浮遊した澄雄の魂。

二つの異なる時間に咲いている桜を同時に見ている、という不思議な時制の句である。

妻がゐて夜長を言へりさう思ふ

『所生』
昭和六十一年

53

言葉はあくまでやさしく、思いはうんと深いから、俳句の宝物として人々の心の中に長く残る句だろう。

秋の夜長にお茶を飲みながら、夜も長くなってきましたね、とアキ子夫人がいう。ああそうだなあ、と澄雄も思う。そんなひとときが想像される。「さう思ふ」という、この絶妙な口調がいい。澄雄も講話で、「『……さう思ふ』なんて俳句で詠んだ人がいるのかな」と語る。若い世代に人気のある池田澄子が、〈もう秋とあなたが言いぬ然《そ》うですね〉と『拝復』で詠む四半世紀も前に、澄雄はこのような句を詠んでいる。

鳥さやけ糞こぼす間も囀れる

『所生』
昭和六十二年

囀りを聞いていると、すっと落ちてきたものがある。鳥が糞をこぼしたのである。鴉や鳩のそれは厭わしいが、小さな鳥の糞は可憐なもの。生きとし生けるものの命の営みなのだ。何事もなかったかのように囀り続ける鳥の姿を見ながら、清らかさを感じた思いが「さやけ」（「さやけし」の語幹で、詠嘆を表す語幹の用法）である。

「高悟帰俗」という言葉を思う。澄雄の句には、これまで「高悟」の響きはあったけれど、肉体的にやや衰えの見える『所生』の頃から、「帰俗」の趣のある句が散見されるようになることが興味深い。

山茶花や昨日と言はず今日遠し

『所生』
昭和六十二年

冬の日を浴びた山茶花が、静かに暮色に包まれようとしている時分の思いだろう。星野立子の『句日記Ⅱ』にある〈山茶花や思ひ出あれへこれへのび〉という句のように、山茶花は時の経過に伴う物思いを誘う花だ。

昨日のことが遠い昔のことのように思われるが、そういえば、今日一日のことが、すでにもう遠い記憶の彼方にある、というのは、さり気ない感慨のようだが、心に沁みる。次の句集『餘日』で詠まれる〈花見つつきのふはむかし布袋草〉より、心情の陰翳の深さという点で、この句の方が優る。

木の実のごとき臍もちき死なしめき

『所生』

昭和六十三年

アキ子夫人が六十三歳で急逝した。「もちき」「死なしめき」と繰り返される、過去形がもたらす深くて鋭い切れは、慟哭の極みとしかいいようがない。

澄雄が憔悴しきっていたため、編集部が「杉」九月号への出稿を諦めかけていたところ、〈木の実のごとき臍ありき妻亡《うしな》ひき〉と、もう一句の出稿があり、校正段階で、「八月十七日、妻、心筋梗塞にて急逝。他出して死目に会へざりき……」の前書きが施され、句にも「臍もちき死なしめき」と手が入ったという。悲しみの極みの中で行われた、渾身の力をこめた推敲だったのだ。

頤細り姫うしなひし片雛

『餘日』
平成元年

雛人形を飾ると、家の中は一気に華やいだ雰囲気になる。ところが、この句の情景はそれとは反対で、大変寂しい。「姫うしなひし片雛」つまり、女雛を失った男雛を詠んでいるからである。「頤細り」とは、事実としてはもともと細顔の雛人形だったのだろうが、「姫」を失った悲しみでやつれた、と読めそうだ。

いや、そんなまだるっこしい読みはよそう。一句は雛人形に事寄せた自画像であるから、アキ子夫人に先立たれた澄雄の姿として、素直に読んでみるのがいい。「片雛」という表現に万感の思いと悲しみがこもる。

人の世は命つぶてや山桜

『餘日』
平成元年

澄雄は思い出を抱いて、桜の咲く吉野を一人で訪ねた。句には「吉野にて——去年元気なりし妻はや今年亡し」という前書きがある。その頃、澄雄は毎年のようにアキ子夫人と吉野をはじめ各地の桜を見て歩いていた。

「つぶて」は「礫」で、小石を投げること、または小石そのものをいう。「命つぶて」は切ない実感のこもった造語だろう。妻の命が運命の神によって吉野の山に投げられて、その命は「つぶて」のように山中に深く吸い込まれてしまって、もう戻ってこない、という思いである。「命つぶて」に人の世の無常迅速の響きがある。

われとわが懈怠をゆるし椎の花

『餘日』
平成元年

椎の花は独特の匂いを放ち、どことなく倦怠感を感じさせるところがある。花も見栄えのするものではないから、匂いがして初めてそれと気づく。だから、この句も、椎の花を目にしているのではなく、その匂いによって誘われた思いだと受け止めたい。

　妻のいない虚しさを抱えた、何をするのもけだるい一日。怠け心が生じるのも仕方ないではないか、と我が身をいたわっているのだろう。「怠惰」ではなく「懈怠《けたい》」とあることで、よりいっそうのけだるさと寂寥感が伝わってくる。

なれゆゑにこの世よかりし盆の花

『餘日』
平成元年

澄雄は平成元年に冨士霊園に墓地を購入し、アキ子夫人が詠んだ〈はなはみないのちのかてとなりにけり〉の句と、この句を八月の新盆に墓碑銘として刻んだ。この句の前書きにもそう記している。

夫人は俳句をほとんど作らなかったが、〈はなはみな〉は、澄雄のために一日分ずつ分けてあった薬包紙に書かれていたものを、死後に見つけたものだった。そのことがまた澄雄の涙を誘う。この句は甘い感傷のように見えるが、澄雄が大切にしていた「本当の人間の思い・心底の思い」から詠まれたものだろう。

生きてあれば耳糞も掻き秋の暮

『餘日』
平成元年

61

時間が経てば腹が減る。そして、排尿もし、排便もする。それが生きていることなのである。当たり前のことのように思えるが、我々はそうやって日々生きている。アキ子夫人のように亡くなってしまえば、空腹も尿意も便意も感じることはない。耳糞を掻くことも、生きているこの生身の体があるからこそだ、と澄雄は思う。

一日が終わる秋の夕暮れ時に、何気ない自分のしぐさを改めて振り返って、しんとした思いに浸っているのだろう。日常卑近な耳糞を掻くという動作を詠んでいるところに切ない実感がある。

齢深みたりいろいろの茸かな

『餘日』
平成三年

「齢深みたり」と「いろいろの茸かな」が、一句の中でどう響き合っているか、その説明をうまく言語化しにくい。しかし、感覚的には分かる、というような句だ。「齢深みたり」と「いろいろの茸」という二つの事柄の間には、因果関係は何もない。だが、この二つがつながると「人間の齢が持つめでたさ」が生まれる、と澄雄は当時の榎本好宏編集長のインタビューに答えている。

その「めでたさ」を感じるために、「齢」は「とし」ではなく、字余りであっても「よわい」と読まなければいけない。

梅桜咲く間を朧亀鳴けり

『白小』
平成四年

澄雄の句には季重なりが多いとはいえ、これだけ季語が満載になっている句は珍しい。三つも季語が重なる「梅桜咲く間を朧」とは、梅の開花の頃から桜が咲き盛るまでの間を朧夜が続いている、という意味だろう。

季語は、訪れようとしている季節への期待と、訪れた季節への賛美、そして去りゆく季節への惜別の思いがこもっている言葉だ。この句にはそんな季語の性質がすべて詰まっている。そのことによって、単一の季節感しか詠み得ない写生を主眼とする近代俳句に欠けていた、重層的な時間感覚が盛り込まれた。

日月が知る一本の山桜

『白小』
平成四年年

人にあまり知られることもなく、山の奥深くに咲いている山桜の巨木が目に浮かぶ。昼は太陽が、そして夜になれば月がその姿を照らしている、という句意だが、「日月《じつげつ》」は実際の太陽と月を指しているだけでなく、言外に歳月・年月というようなニュアンスもこもっている。ここでも静かな時間の流れが掬い取られている。

『白小』ではこの句の三句後に〈あこがれて南の海や月日貝〉という句もあり、そこでは長年の「あこがれ」と「月日《つきひ》」とが響き合うような時空間を澄雄は興がっている。ちなみに「月日貝」は春の季語。

死ぬ病得て安《あん》心《じん》や草の花

『白小』
平成四年

「大腸癌を宣告さる」という前書きがあるが、出来上がった『白小』では上五が「死の病」となっていた。その間違いが残念でならない、と『白小』刊行後の講話の中で澄雄は語っている。確かに「死ぬ病」と「死の病」では思いがかなり違ってくる。自分はどんな死に方をするのか、という疑問や恐れは、人生の終末期にさしかかった人を襲う思いである。澄雄にとって癌の宣告は、自分が死ぬ病気が分かって一面ほっとした部分もある、という安心立命《あんじんりゅうめい》感なのだ。「死の病」なら、死に直結する病気にかかった、という一般的な意味に過ぎない。

やすらかやどの花となく草の花

『白小』
平成四年

癌の宣告は平成三年九月で、『餘日』の最終章の年なのに、前の句を『餘日』ではなく、この句のある『白小』の「平成四年」の章に収めたのは、句集としての統一感を優先したからだろう。句集は日記ではないのだ。

この句に前書きはないが、癌の宣告から一年後、手術後の経過が良好で癌がなくなった、と聞いた時に詠まれたもの。澄雄は信州へ旅をした。山道には秋草の花が咲いていた。秋の草の花には春の花にはない、ひっそりとした安らかな感じがある。「どの花となくやすらかや」なら分かりやすいが、それは散文的な論理の語順。

妻がなければ甚平はじだらくや

『白小』
平成五年

『去来抄』にこんな挿話がある。芭蕉が去来や凡兆と『猿蓑』を編纂していた時、宗次という人が一句入れてほしい、と数句持ってきたが、取るべき句がなかった。ある日の夕方、また宗次がきた。少し横になりましょう、と芭蕉が勧めると、宗次は「じだらくにしていると涼しいものです」といった。芭蕉は「その言葉が発句だ」といって〈じだらくに寝れば涼しき夕哉〉を入集《にっしゅう》した。

澄雄のこの句に、そのやりとりを重ねてみたい。妻がいないから甚平もうまく着こなせず、じだらくだ、という素直な実感が俳句なのだ、と。

春昼のとりかこまれて白襖

『白小』
平成六年

丸谷才一は澄雄との対談の中でこう激賞した。

《他の句と違って桁外れに佳い句だと思うんですよ。（中略）日本語の特性の、曖昧なところ、不特定なところを生かして、しかし、そのくせ曖昧でなくて実にはっきりしている。凄い句ですね。》

それは上五が「春昼の」となっているからだろう。「春昼や」なら情景は具体的になるが、この「の」によって、春昼の白襖の中に端座する姿が見えるとともに、「春昼」そのものが白襖に囲まれて靉靆《あいたい》として漂っているような、日常の次元を超えた不思議な空間が現出している。

囀りの法起法輪法隆寺

『花間』
平成七年

囀りを聞きながら法起寺から法輪寺、法隆寺へと辿っているとも、三寺を遠望しているとも取れるが、「ほっき・ほうりん・ほうりゅうじ」と畳みかけるそのリズム感が心地いい。言葉の配置の妙も楽しい。この斑鳩《いかるが》の地に仏「法」が「起」こり、それが「輪」を広げ、「隆」盛に向かっていった、その有様《ありさま》が彷彿とする、と。

数名で打坐即刻の句を墨書し合う澄雄宅での句会で、筆ペンを勢いよく走らせて、書き上げた後「どうだ!」という会心の表情を見せたらしい。その時の上五は「囀や」だったが、なだらかに続くように推敲された。

花野ゆき行きて老いにしわらべかな

『花間』
平成七年

老いた我が身に残っている童心を詠んだ、と澄雄は講話で語っているが、そのような単純な句ではなく、澄雄の思いを超えて読解の難度が高くなっている。表現に即して読めば、花野の中に足を踏み入れ、無心で戯れて歩んで行くうちに、いつしか童子は白髪の老人となっていた、という玄妙な句意になるだろう。

永田耕衣の『闌位』にある〈少年や六十年後の春の如し〉という句を想起させる、不可思議な時間のたゆたいが詠まれていて、夢幻能のような気配があり、『花間』の中で、とりわけ心惹かれる句である。

水仙のしづけさをいまおのれとす

『花間』
平成八年

71

七十六歳になっていた澄雄は平成七年十二月、「杉」の原稿執筆中に脳溢血で倒れた。右脳に一センチほどの出血があり、幸い脳幹は外れたものの左半身不随となった。そして、病院で越年した。

句には「脳溢血にて入院」という前書きがあり、そこから病室に水仙が活けられている情景が伝わってくるが、「しづけさをいまおのれとす」というのは不思議な叙法である。水仙のこの凜とした静けさを、わが精神としよう、と澄雄は水仙を見ながら、同時に自らの心の中も見つめているからだろう。

灯のいろも朧にしろし白魚汁

『花間』
平成八年

澄雄が晩年に心寄せた「朧」と「白魚」が詠まれていて、季重なりになっている。夕餉に出された白魚汁を前にして、朧に溶け込んでぼおっと白く灯っている明かりに、身も心も安らぐ思いがする、という情感である。歌舞伎『三人吉三廓初買』のお嬢吉三の「月も朧に白魚の……」という科白を思い起こさせ、一句全体に懐かしげな江戸期の発句の香りが漂う。

『花間』は脳溢血で倒れてからの刊行で、大方は臥床の句だが、「浮世」の華やかさもいいな、という思いで句集名をつけた、と「あとがき」で澄雄はいう。

常臥しの顔の上なる淑気かな

『花間』
平成九年

澄雄の句集に初めて「常臥し」という言葉が出てくるのがこの句。脳溢血で倒れてから約一年後の作で、なかなか回復しない病状を「常臥し」つまり寝たきり、と自覚せざるを得なくなったのだろう。「常臥し」の読みが明記されるのは、次の句集『天日』に収められた、平成十年作の〈晩年を常臥《とこふ》しとなり万愚節〉である。

この「常臥し」は澄雄の造語のように思われそうだが、日野草城の遺句集『銀《しろがね》』に〈常臥《とこふし》のわれに出でたる寝待の月〉、野澤節子の『未明音』に〈風邪ごゑを常臥《とこふ》すよりも憐れまる〉という句がある。

行く春の繭ごもりゐるわれなくに

『花間』
平成九年

下五の「われなくに」は窮屈な表現である。丁寧にいうなら、「われならなくに」で、「自分（から進んでのこと）ではないことよ」という意味。『百人一首』にある〈みちのくのしのぶもぢずり誰ゆゑに乱れそめにしわれならなくに〉を思い起こせばいい。

過ぎ去ろうとしている春のこの時季に、蚕が繭の中に籠るように、どこへも出かけず家の中に籠っているが、それこれも、自分から進んでのことではなく、病のために養生しているからなのだ、という句意。やや寂しげだが、「行く春」の情感がこもり、どこか艶冶でもある。

こころにもゆふべのありぬ藤の花

『天日』
平成十年

藤の花や辺りの夕暮れの景色が描かれているのではなく、詠まれているのは、病臥の身となっている心のありようである。それは物哀しさというよりは、深い安らぎであるようだ。澄雄は講話でこの句について「いままで誰も詠んでいない世界です」と自恃のほどを語る。

鷹羽狩行の『十四事』に〈いちにちにちにゆふべのありて藤の花〉という句がある。似ているようだが、やはり感興のありようが違う。時の流れの中に包まれている心の中を見つめるような句は、澄雄のいうとおり誰も詠まなかった。

常臥しの我にこれより夜長あり

『天日』
平成十年

『天日』の「あとがき」の終わりの一節にこうある。
《半身不随の身障者となり、終日臥床の身である。時に長男の運転するワゴン車で旅に出ることもあるが、大方、部屋の右の窓より無心に天日を仰いでいる。》
したがって、「常臥し」という言葉が用いられた句がしばしば詠まれるようになる。「あとがき」にあるように、終日臥床の身だから、句の材料はおのずと身辺に限られてくる。我が身の状態や、病床にせせらぎのように流れている静かな時間と季節の移り変わりが、主題になってくるのである。

われもまた露けきもののひとつにて

『天日』
平成十年

これと似た句が虚子の『五百句』にある。〈石ころも露けきものの一つかな〉。澄雄の句より七十年ほど前の昭和四年の作である。この虚子の句が澄雄の念頭にはあったに違いないが、我が身もまた露けき森羅万象の一つだ、と虚子よりもさらに一歩踏み込んだ感懐が、この時期の澄み切った澄雄の心境を表している。

虚子の句との比較ついでにいえば、〈山眠る如く机にもたれけり〉という虚子二十代の句が「五百句時代」にあるが、老年の澄雄は〈老い病みて寝てをり山の眠るごと〉と『天日』で詠む。

角出して淡海見てをり蝸牛

『天日』
平成十一年

蝸牛に近々と顔を寄せ、蝸牛を観察しているのではなく、角を出す蝸牛に同化して澄雄自身も首をもたげて淡海を見ている、と取る方が澄雄の心意に添うだろう。蝸牛とともに澄雄は、しんと広がる天地の中に溶け込んでいるのだ。近江を詠み始めた『浮鷗』『鯉素』の頃の句に比べて、いたって淡彩で、情景は一見単純に見える。しかし、この句の把握、心のありよう、その透明感に新しみを感じる。

国文学者の中西進は「透明な宇宙感覚」と題した『天日』評で「わけてもの傑作」と推奨した。

帰らんと我はいづくへ鳥帰る

『天日』
平成十二年

澄雄の目は、春になって渡り鳥が北方へ向かって飛び去っていく姿をとらえている。そして、その眼差しは大空のさらに遥か彼方へと注がれ、自分は一体どこへ帰っていくのか、と問いかける。

句は中七の「いづくへ」の後に切れがある。この切れは、大きな安らぎの世界に包まれる予感の深さでもあろう。とはいえ、同時に「いづくへ鳥帰る」とつながってもいそうである。それは語法の上では無理があるものの、そのような読みを誘う気配が、この句に奥行きの深さをもたらしているようだ。

虫の音も迦陵頻伽と聴きゐたり

『天日』
平成十二年

迦陵頻伽《かりょうびんが》は仏教で極楽浄土にいるという想像上の鳥で、顔は美女のごとく、そして妙音を発し、聞けども飽きることがないという。澄雄は虫の音を迦陵頻伽の鳴き声のようだ、と耳を澄ましている。

この句には「八月十七日　妻の十三回忌」という前書きがあるから、単なる見立ての句ではない。夫人を偲ぶ思いを汲み取らなければならない。秋の夜に鳴いている虫の妙なる声を聞きながら、夫人のいるあの世でも、いろんな虫が迦陵頻伽のように美しい声で鳴いているに違いない、と思うことで心が慰められるのだろう。

金雀枝やいまもわが句は相聞《あひぎこ》え

『虚心』
平成十三年

「相聞《そうもん》」とは『万葉集』における和歌の分類の一つで、広く唱和・贈答の歌を含むが、特に恋愛の歌が多い。

昭和四十四年十一月に波郷が亡くなった時、澄雄は「波郷追悼」という一文を記し、波郷の〈金雀枝や基督に抱かると思へ〉は「夫人への切ない愛」で、波郷が夫人を抱いたのだ、と気づく。アキ子夫人を追慕するこの句に波郷の句の面影が重なる。「金雀枝」は単に相聞にふさわしい眩しい花として据えられたのではなく、アキ子夫人への「切ない愛」が託された季語だ、というように受け止めたい。

何もかも夢も抜けたり籠枕

『虚心』
平成十三年

ひんやりとした感触が喜ばれる籠枕は、次のような感慨が託される季語でもある。〈はかなさが骨身にこたへ籠枕〉〈空しさに身をよこたへて籠枕〉。ともに長谷川櫂が、師の飴山實を亡くした後の空虚感を『虚空』で詠んだ句である。そういえば、籠枕に頭を載せていると、どことなく「はかなさ」「空しさ」という思いが去来する。

若い頃に抱いた夢やアキ子夫人と過ごした日々の何もかもがもう過ぎ去ってしまった、というのだろうが、「過ぎ去った」でも「失われた」でもなく、「抜けてしまった」と籠枕にふさわしい実感がうまく表現されている。

寒露なりおのれおのれになつかしき

『虚心』
平成十三年

83

『四遠』の〈朧にて寝ることさへやなつかしき〉という句については触れたが、この句は同じ「なつかしき」でも、おのれがおのれに懐かしい、と詠まれていて、しぐさの描写が消えている。

『虚心』には同じような感懐を述べた句がある。〈秋深みおのれおのれに親しみぬ〉(平成十四年)、〈朝寒夜寒おのれおのれをいとほしむ〉(平成十五年)。同工といえば同工だが、終日臥床の身となった澄雄は、「おのれ」そのもの、あるいは「おのれ」の心のかすかな揺れ動きを詠むようになっている。

紙衣着て音してさそふしぐれかな

『虚心』
平成十三年

奥州白石《しろいし》での作。白石は和紙を特産品とする地である。長男潮《うしお》（現、「杉」主宰）の運転するワゴン車に乗って、久々に旅に出かけたのだろう。中七の「音」を、紙衣《かみこ》の立てる音だと早合点するのではなく、紙衣を着た澄雄を時雨が音を立てて誘っている、と読まないといけない。やや窮屈な表現だから、「紙衣着て（ゐる我を）音してさそふしぐれ」と言葉を補って読みたい。

では、時雨の音は紙衣を着た澄雄をどこへ誘うのか。それは、芭蕉が『笈の小文』で〈旅人と我名よばれん初しぐれ〉と詠んで旅立った、風雅に徹する風狂の世界。

雲を見てわれいつの日か竜天に

『虚心』
平成十四年

下五の「竜天に」が季語だから、語法上では、「われいつの日か」という中七の後に切れがあるはずだが、「雲を見て」の上五の後で軽く切れ、やや破格ながら「われいつの日か竜天に」となだらかに意味が続いている。終日臥床して部屋の窓から雲を眺めていると、竜が天に昇るように、自分にもいつかはこの天に昇ってゆく日がやってくるのだろう、という想念が心に湧くのだ。

通常の詠み方、季語の据え方に慣れた目からすれば、やや違和感を覚える叙法が、晩年の澄雄の句に独自の精神的奥行きをもたらしているように思える。

一葉落つわれもいつかは桐一葉

『虚心』
平成十四年

86

眼前に落ちた桐の一葉を見ながら、澄雄はいつか我が命がその一葉のように、ひらひらと散っていく日のことを思っているのである。前の句と同様に、病み衰えた現在の自分を見つめるとともに、やがて死を迎えるその時の自らの姿を思うという、「時間的な遠近法」とでも名づけてみたい把握によって句は構成されている。

〈春落葉いづれは帰る天の奥〉〈つひに吾れも枯野のとほき樹となるか〉は野見山朱鳥《あすか》の『愁絶』にある最晩年の作。澄雄が朱鳥を読み込んでいたかどうかは不明だが、同じような境地に至りついていることが興味深い。

美しき落葉とならん願ひあり

『虚心』
平成十五年

87

西行は〈願はくは花の下にて春死なんそのきさらぎの望月のころ〉と、釈迦入滅の日の桜の下での死を願った。その願いどおり、葛城山の西麓の弘川寺《ひろかわでら》で、文治六年二月十六日に亡くなった。西行の死から約八百年後、臥床する澄雄は、我が死後はあの美しいひとひらの落葉となって乾坤の中に溶け込みたい、と希求する。芭蕉のいう「飛花落葉の散りみだるる」（『三冊子』）その中に、我が身と我が命を預けたい、という切なる願いだろう。

『虚心』にはこの句の三句前にも、死を思っている〈目つむりて死のしづ心日向ぼこ〉という句がある。

176 — 177

寝釈迦われ生まれ変りて仏生会

『深泉』
平成十六年

この句を日常次元でとらえるなら、涅槃会の頃は体調が悪かったが、仏生会を迎える頃になって、生まれ変わったように気分もよくなった、ということかもしれない。しかし、「寝釈迦われ」とあるからには、現実としてはあり得ないものの、「われ」はすでに亡くなっている、と考えるべきだろう。不思議な時間が流れている。

澄雄は想念の中で、亡くなった「われ」が生まれ変わって、釈迦の誕生した同じ日に、もう一度この世に生を受けたのだ、というような輪廻転生《りんねてんしょう》の思いに身を委ねる深々とした感慨に浸っているのではないだろうか。

ひとり寝のこころ朧となりにけり

『深泉』
平成十六年

「常臥し」の姿であり、その心境である。澄雄そのものが朧の気配に同化している、という印象がある。澄雄自身の心と体が季語そのものの中に溶け込んでいて、もはや、澄雄の用いる季語は、多くの俳句に見られるような、一句の中で季節を示すものでも、効果的な働きをする季物でもなくなっていることに気づく。

意図的な工夫なのか、それとも、終日臥床しているから、心と体が自ずと季語そのものの中に溶け込んでいくのか。近現代俳句が未だ足を踏み入れたことのない世界である。

常臥しは一人静といふべかり

『深泉』
平成十六年

この句の季語の用い方は、奇妙で不思議である。通常は次のような詠み方が考えられる。(1)病床にある（または病床で思う）一人静の様子を描く。(2)病臥の姿を述べて一人静を取り合わせの季語として据える。(3)一人静を比喩として用いて、臥床している自分の姿を示す。私達が慣れ親しんでいるのは、このような詠み方である。

しかし、前の句と同様にこの句でも、一人静かに臥床する澄雄自身が季語に同化し、一人静そのものになっている。それは奇妙でも、不思議でもなく、病臥の心の自然な発露であるようだ。

咳をしてもひとりとはいまわれにして

『深泉』
平成十六年

この句には尾崎放哉の〈咳をしても一人〉という句を思いながら詠んだ、という前書きがある。放哉の句は澄雄よりも八十年ほど前の大正十五年の作。

澄雄は病床で咳をしながら、放哉の孤独を思っている。もちろん澄雄は放哉のように一人暮らしをしているのではない。息子夫婦と同居し、愛らしい孫も二人いる。しかし、そばに寄り添ってくれる最愛の夫人はもうこの世にはいないのである。「ひとり」この世に取り残された、という思いが強いのだろう。このあたりから、澄雄の孤心が一段と深まっていくようである。

妻ありし日は女郎花男郎花

『深泉』
平成十七年

92

「妻ありし日は」の後に続く述部の用言がないから、読解にやや戸惑う。しかし、この時期の句は澄雄の心と体が季語そのものに溶け込んでいるから、女郎花はアキ子夫人であり、男郎花は澄雄だ、ということになるだろう。破格の叙法だが、「妻ありし日は」（妻は可憐な）「女郎花」（であり、自分はそれよりも少し武骨な）「男郎花」（で、二つの花が野に寄り添い咲くように睦まじく暮らしていたのに、それが今は……）と言葉を補って読みたい。

亡き妻を偲びながら、この世に残された我が身のことを思っている澄雄の孤心である。

常臥しのこころにもけふ秋立つと

『深泉』
平成十八年

「俳句」平成二十二年十二月号では「森澄雄の生涯と仕事」という大特集が組まれた。諸氏から寄せられた追悼文や鑑賞の中で、この句に触れた友岡子郷の「現時より幽遠へ」という文章がとりわけ心に響いた。

《大患に襲われて、車椅子、〈常臥〉の身になったが、その詩精神は衰えなかった。この句は〈こころ〉であって「身」ではない点に留意。〈こころ〉で生きる。》

「けふ秋立つ」が「常臥しの身」ではなく「常臥しのこころ」だから生きる、というこの一句に対する深い読みは、澄雄の心意にかなっているだろう。

われいまや鷹化して鳩となりたるよ

『蒼茫』
平成十九年

「鷹化して鳩と為る」が季語。澄雄が『游方』で〈煦々として鷹とて鳩となりにけり〉と詠んだのは昭和五十三年。それから三十年ほどが経ったこの句では、季語の用い方が、一般的な手法とは大きく違う破格のものになっているることに気づく。澄雄自身が「鷹化して鳩となりたるよ」と、季語そのものになった、というのであり、全く新しい季語の用い方なのである。

『深泉』の句のところで触れたように、澄雄の心と体がそのまま季語の中に溶け込むような、そんな俳境が最晩年の常臥しの中から生まれてきたようだ。

何もかも臥して霞める思ひあり

『蒼茫』
平成二十年

俳句には季節を表す言葉である季語を入れる。これが俳句の一般的な約束事である。この季語の働きが俳句にとっては最も大事なことで、俳句が生きるか死ぬかは季語の良し悪しで決まるから、俳人はそれぞれの句に最適の季語を選び配することに全神経を使う。

しかし、この句では、前の句でも触れたように、もはや、季語は選ぶものでも配するものでもなく、季語そのものに澄雄がまるごと同化している。終日臥床している中で去来する思いも、澄雄の体も、すべてが霞の中に溶け込んでいる。

死にもせずわれもさながら穴惑ひ

『蒼茫』
平成二十年

衰えた命を見つめる、諦念に満ちた目が感じられる。芭蕉は『野ざらし紀行』の旅の終わり頃に大垣で、〈しにもせぬ旅寝の果よ秋の暮〉と詠んだ。澄雄の心の奥深いところに、芭蕉のこの句の精神が流れているのだろう。あるいは、能村登四郎の『菊塵』にある〈穴惑めきうろうろと生きてゐて〉も心にあったかもしれない。

俳句は一人の俳人の頭や心だけによって詠まれるのではない。俳諧・俳句の歴史の流れの中で、その詩精神を学び、たっぷりと栄養分を吸収することで、一粒の砂金のようなきらめきを放つ作品が生まれるのだ。

秋深しわが生にあといく度ぞ

『蒼茫』
平成二十年

秋の深まった頃の寂寥の思いである。こうして秋の深まりを感じるのは、この後何度あるのか、と短くなった我が命をしみじみと見つめているのであろう。正岡子規が死の前年に〈柿くふも今年ばかりと思ひけり〉と詠んだように、命の果てることを思う病人にとって、季節や季物との出会いは、一期一会の切実さがこもる。

澄雄はこの句の翌年の深まりゆく秋には出会えたが、その次の年は、秋の深まりを迎えることはかなわず、平成二十二年八月十八日午前六時二十二分に、肺炎のために亡くなった。九十一歳だった。

あはれにも肌あらはなり羽抜鶏

『蒼茫』
平成二十一年

「羽抜鶏」は感情移入しやすい季語である。羽が抜けて肌が「あらは」になった鶏の姿は「あはれ」そのものだから、この句は歳時記での説明をなぞっただけではないか、といわれそうである。

だが、いや待てよ、と思う。この句は羽抜鶏の姿を描いた句だと早合点するのではなく、澄雄の自画像としても読むべきではないだろうか。最晩年の澄雄の句では、季語と澄雄が一体化しているから、肌があらわになっているのは、羽抜鶏であるとともに、その姿を思っている寝巻のはだけた澄雄自身でもある、と読んでみたい。

さびしさの水清らかに崩れ簗

『蒼茫』
平成二十一年

臥床する澄雄の胸中に浮かんだ心象風景であろう。何度か触れているように、最晩年の句は、澄雄と季語が一体化したものになっているから、この崩れ簗も、今にも朽ち果てようとする澄雄の肉体そのもの。あるいは、死後に横たわる自らの肉体がありありと見えているのかもしれない。感慨の深さは後者の方がはるかに優る。

「さびしさ」とか「清らかに」という形容の言葉は、俳句では通常は避けるべきだとされているが、胸中に思い浮かぶ死後に流れる時間は、秋の水のように寂しく清らかだとしかいえないのだろう。

行く年や妻亡き月日重ねたる

『蒼茫』

平成二十一年

生前最後の句集となった『蒼茫』掉尾の句である。

澄雄が歳旦吟と歳晩吟に心を注ぎ、句集を構成する上で、一集の中にも時間的推移を取り込もうとする自覚的な志向があったことは『浮鷗』の句のところで述べた。『蒼茫』の巻首は〈常臥しのわれにも来たり四方の春〉。つまり、『蒼茫』は「四方の春」で始まり、「行く年」で閉じられている。時間的推移を取り込もうとするその姿勢を澄雄はずっと貫いたことが分かる構成意図である。

さらに、亡き妻を偲ぶ句を、句集の掉尾に据えた澄雄の切ない思いも汲み取りたい。

森澄雄の俳句遍歴――いのちを運ぶ――

澄雄の生涯

澄雄は六男二女の長男である。大正八年二月二十八日、兵庫県揖保《いぼ》郡旭陽《あさひ》村（現在の姫路市網干《あぼし》区）に生まれた。本名は「澄夫」。

父の貞雄は長崎県五島の出身で、歯科医になり兵庫県龍野《たつの》の歯科医の友人を頼って播州へやってきて、そこで澄雄の母はまゐと結婚した。貞雄が長崎で歯科医院を開業することになったので、幼い澄雄は母方の祖父母に預けられた。長崎の両親に引き取られるのは、大正十三年、五歳の時である。だから、澄雄は人に問われると、「出生地は姫路の網干、出身地は長崎」と答えるようにしていた。

澄雄は昭和十二年に長崎高等商業学校（現、長崎大学）に入学。長崎高商では課外活動が必須だったため、運動が不得意な澄雄は家庭でなじんでいた俳句（父は冬比古と号して「ホトトギス」に何度も入選し、戦後は松本たかしが創刊した「笛」で活躍した）の同好会「緑風会」に入り、松瀬青々門の野崎比古《ひこ》教授の指導を受けた。また、自宅や学友の下宿で盛んに句会を行った。学外でも「馬酔木」同人の下村ひろし宅の「長崎馬酔木句会」に仲間と連れ立って、学生服姿で出席した。この毎月の句稿が東京の加藤楸邨に送られ、翌月、朱点と短評とともに送られてきた。これが楸邨との縁の始まりである。

昭和十五年、澄雄は九州帝国大学法文学部経済科に入学する。この年の十月に楸邨の「寒雷」が創刊されると、澄雄は直ちに入会した。第一句集『寒雷』を昭和十四年に刊行した楸邨の句は、生きる拠り所を模索していた澄雄にとって文学と哲学の役目を果たし、澄雄の心を強く惹きつけていたからである。

二年後の昭和十七年に澄雄は召集される。北ボルネオの大ジャングルでの「死の行軍」から奇跡的に生還し、澄雄が復員するのは昭和二十一年四月。

澄雄の生涯における六つの転機やそれぞれの時期の句集については、後で述べるので、駆け足で戦後の澄雄の歩みを略述しておこう。

就職した佐賀県立鳥栖《とす》高等女学校で親しくなった、同僚の体育教師の内田アキ子と結婚して上京するのは昭和二十三年三月末。四月に都立第十高等女学校（現、豊島高校）の社会科教師として赴任した。

第一句集『雪櫟』は昭和二十九年に刊行され、二年後の昭和三十一年に澄雄は「寒雷」の編集長になった。第二句集『花眼』を昭和四十四年に刊行して、古典的な格の正しさと、瑞々しい情感を湛えた句によって注目されていた澄雄は、翌昭和四十五年十月に主宰誌「杉」を創刊する。その時、五十一歳だった澄雄は、「創刊の言葉」で「伝統を負いつつ各々己れのいのちの根ざすところ、そこから最もひそやかに最も真率に、しかも深切清新な声を生み出してほしい」と、「杉」の作家に呼びかけた。そして第三句集『浮鷗』を昭和四十八年に刊行する。

第四句集『鯉素』（昭和五十二年刊）は読売文学賞を、第七句集『四遠』（昭和六十一年刊）は蛇笏賞を受賞し、平成九年には恩賜賞・日本芸術院賞を受賞。

澄雄が亡くなるのは、平成二十二年八月十八日。九十一年の生涯だった。

澄雄の六つの転機

運命とは文字通り自らいのちを運ぶことだ、と考える澄雄は、同時代の俳人の誰よりも「人生・人間・いのち」という言葉を口にし、「俳句とは何か、人生とは何か」という真摯な問いを発し続けた。人間探求派的な志向のように思われそうだが、生きることの悲しみや苦しみだけでなく、めでたさやよろしさ、そうしたものを一切合切含めたものが人生であり、それを深い思いで詠むことが俳句なのだ、というのが、自らが育った人間探求派を超えようとした澄雄の姿勢であった。それは、底の浅い人間賛歌や自己愛的な詠嘆とも違うものだった。

澄雄は「ぼくはいつも懸命に自分の俳句の世界を追いつめながら仕事をしてきました」と語り、また「ひとつひとつの句集に自分で新しい世界を作るように努力してきました」と喜寿の頃の講話「ふっと吐いたひと息」で振り返っている。

それからさらに齢を重ねる長い生涯の中で、澄雄には六つの大きな転機があった。そのことについては、すでに他の論考でも記しているが、改めて振り返っておきたい。引用する句は鑑賞した句と重複しないように選んだ。

1　戦争での苛烈な体験

最初の転機は、戦地で地獄を見たことである。大学を繰り上げ卒業した澄雄が久留米野砲連隊に入営するのは昭和十七年十月。昭和十九年七月に少尉に任官した澄雄は砲兵隊の小隊長を任じられ、同月下旬にマニラに向かって出航した。昭和二十年一月、「北ボルネオ転進行動」の名の下に、人類未踏の大ジャングルの中で「死の行軍」が展開された。重い荷物を持って湿地に膝を沈めながらの行軍と飢え、マラリアによって兵隊は次々に力尽き、この無謀な行軍で生き残ったのは、澄雄の中隊では二百人中八人、小隊では五十人中わずか三人だった。

惨憺たる行軍から奇跡的に生還した苛烈な体験は、人間への慈しみを大切にして、平凡な人間が抱く平凡で素直な思いを奇異を弄さずに詠んでいこう、という澄雄の生涯を貫く姿勢をもたらした。「妻子吻合《ふんごう》の書」といわれる『雪櫟』は、社会性俳句全盛の時代にあっても、その思いを堅持して編まれた句集である。

聖夜眠れり頸やはらかき幼な子は　『雪櫟』

2　父の死

二つ目の転機は『花眼』の時代に父が亡くなったことである。昭和三十八年十月の父の死後、澄雄は日本や中国の古典、さらには仏教の書物をひたすら読んだ。それは知識とか教養のためだけでなくて、人生とは何だろう、人間は生きている間に何を喜び、何を哀しんできたのか、とそれを考えるために読んだのであり、死というものを一方の視野に入れて、人間の生きている時間を見届けようとした。これは現実の生や生活のみに終始していた、当時の俳句的潮流とは明らかに異なった志向であり、澄雄の独自性がこのあたりから際立つようになった。そのような意識は、「時間の書」といわれる『花眼』に盛り込まれた。

餅焼くやちちははの闇そこにあり　『花眼』

また、「病中花眼妄想」「花眼独断」「花眼遊想」など、「花眼」という言葉を冠した随想風の評論を相次いで書き、それらを含む二十余編は『森澄雄俳論集』（昭和四十六年刊）にまとめられた。

3　シルクロードへの旅

昭和四十七年七月末からのシルクロードへの二週間の旅は、澄雄にとって最も大きな転機になった。楸邨夫妻らと行を共にしたこの旅のある夜、静かな床上の心に、ふと芭蕉の〈行春を近江の人とおしみける〉の句が浮かんだ。澄雄は「この芭蕉のもつ、やさしく、しかもはるかなもの、ひろやかな空間をかかえこんだその豊かな呼吸を、現代俳句が喪ったものとして、もう一度自分の作品の呼吸」（「現代俳句の風土」）として呼び込んでみたい、という思いを抱く。

シルクロードで芭蕉の句に深い啓示を受けた澄雄は、何かに憑かれたかのように、すぐさま八月に湖南から余呉湖へ向かった。この旅は澄雄が通算で百五十回近くも近江に通う、記念すべきその一回目だったが、一人旅だったので、さほどの収穫はなかった。目覚ましい成果があったのが二回目の十月の旅だった。この時は、「杉」同人で大阪府守口市在住の岡井省二《しょうじ》（昭和五十一年に刊行した第一句集『明野』が飯田龍太に激賞され注目を浴び、平成三年に「槐」を創刊）が同行し、彦根から竹生島へ、そこから湖西に渡って堅田で一泊し、澄雄としては珍しく多作に恵まれ、高揚した詩精神が隅々にまで漲った句を詠んだ。

現代俳句が喪った豊かな呼吸の回復を願う澄雄は句帖を手にしない。旅の間はその風景に浸り、宿に着いてから、同行者と和紙綴りの雅帖に打坐即刻の句を墨書していくのである。この時、双方の呼吸が大事である。墨書された相手の句に触発された句を書きつけるのだから、互いに打てば響くような気息が求められる。澄雄の句を発止と受け止める力のある、澄雄より六歳年下の岡井は対座する相手として最良、最適の門弟で、澄雄の旅にしばしば同行した。

広やかな空間を詠もうとした『浮鷗』は「空間の書」と呼ばれ、豊かな俳諧の世界への憧れを示した『鯉素』、『游方』（昭和五十五年刊）の世評も高く、飯田龍太とともに「龍太・澄雄の時代」といわれる一時代を築いた。

秋の淡海《あふみ》かすみ誰にもたよりせず　『浮鷗』

湖に今日を惜しめば諸子の酢　『鯉素』

白梅になき仏心を紅梅に　『游方』

4　脳梗塞による安養の日々

このように澄雄は俳壇の注目を浴びていたが、『空艪』（昭和五十八年刊）の最終章に当たる、昭和五十七年九月に脳梗塞で倒れた。四つ目の転機である。

麻痺ありて呂律の乱れ秋ざくら　『空艪』

そのため、家に籠って安養の日々を送らざるを得なくなった。しかし、病気は決して悲しくなく、自分のありようをそのまま詠めば俳句になる、とそう気づいたのは病気の功徳だ、と新たな革新が始まった。『四遠』の俳境である。

おのれいまおのれのなかに草紅葉　『四遠』

5　アキ子夫人の死

五つ目の転機であるアキ子夫人の突然の死去は、『所生』（平成元年刊）の最終章に当たる、昭和六十三年八月十七日のことだった。アキ子夫人は、国体の弓道で全国優勝したこともあり、明るく健康そのものだったから、その死は澄雄を襲った突然の悲劇だった。この時、澄雄は六十九歳、アキ子夫人は六十三歳。

運命の日の午前十一時頃、毎月療養に通っている伊豆の畑毛《はたけ》温泉に出かけるので、夫人が駅まで車を運転して送った。「気をつけてね」。「ああ、大丈夫だよ」。これが最後の会話になった。それから一時間半後、夫人は気分が悪くなり、救急車で入院したが、心筋梗塞の進行中だといって注射と点滴をした後は何の手当てもなく、医師も看護師も病室にいないまま、午後三時半に再発作が起きて夫人は亡くなった。知らせを受けた澄雄は急いで宿から引き返したが、すでに夫人は冷たくなっていた。死に目に会えなかった澄雄は慟哭する。
その悲しみの中で澄雄が思ったことは、お経代わりに夫人を詠んだ句を百句はこしらえたいという思いだった。以後、澄雄は妻恋いの句を詠み続ける。

万両や万両たりし妻死にし　『所生』

そして、その後の人生は余った日だという思いから、次の句集名を『餘日』（平成四年刊）と決めた。平成三年には大腸癌を宣告され、翌四年には脊柱管狭窄症も病み、髪の毛も『白小』（平成七年刊）の句集名のように真白になった。

ひとり身はひとりをたのみ秋深む　『餘日』
見渡してわが晩年の山桜　『白小』

6　脳溢血、そして常臥しへ

脳溢血で倒れたのは、平成七年十二月、澄雄七十六歳の時。最後の転機である。右脳に一センチほどの出血があり、幸い脳幹は外れたものの左半身不随となり、発語も困難となった。終日臥床する「常臥《とこふ》し」となったことにより、澄雄の体は衰えた。しかし、詩精神は衰えなかった。体の衰えを衰えとして諾い、澄雄のいう「虚空に浮かぶいのち」を見つめることで、『花間』（平成十年刊）、『天日』（平成十三年刊）、『虚心』（平成十六年刊）、『深泉』（平成二十年刊）、生前最後の句集『蒼茫』（平成二十二年刊）に至る、静かで澄み切った最晩年の境地がもたらされた。

ところが、この時期の句について言及されることは少ない。本書によって新たな光が当たることを期待したい。

澄むものは空のみならず梅擬　『花間』

藻にすだくわれからなれや常臥しも　『天日』

空を見る無心にもあり春の空　『虚心』

この世をばわれも行人漱石忌　『深泉』

著者略歴

岩井英雅（いわい・えいが）

昭和25年2月20日、大阪府生まれ。

昭和47年に「杉」に入会し、以来、森澄雄に師事。

昭和51年、第6回「杉賞」を受賞し、同時に「杉」同人に推挙される。昭和52年、辻田克巳、竹中宏氏などを中心とする、俳句研究の会である「醍醐会」に入り、現在もその会員。

句集に『天行』（平成4年・角川書店）、『東籬』（平成12年・花神社）、評論集に『近代俳人群像』（平成15年・天満書房）、『俳句の天窓』（平成23年・角川書店）、入門書に『俳句入門　実作への招待』（矢野景一との共著・平成6年・花神社）などがある。

現在「杉」同人。俳人協会会員、日本文藝家協会会員。

現住所　〒567-0021　茨木市三島丘1丁目6-43-2

発行　二〇二〇年七月一四日　初版発行
著者　岩井英雅
発行人　山岡喜美子
発行所　ふらんす堂
〒182-0002　東京都調布市仙川町一―一五―三八―2F
TEL（〇三）三三二六―九〇六一　FAX（〇三）三三二六―六九一九
URL http://furansudo.com/　E-mail info@furansudo.com

森澄雄の百句

振替　〇〇一七〇―一―一八四一七三
装丁　和兎
印刷所　日本ハイコム㈱
製本所　三修紙工㈱
定価＝本体一五〇〇円＋税
ISBN978-4-7814-1295-5　C0095 ¥1500E